LA GRANDE IMAGERIE

MAGIE, SORCELLERIE ET DONS SURNATURELS

CONCEPTION **JACQUES BEAUMONT**
TEXTES **MARC SCHLICKLIN**

FLEURUS

L'UNIVERS DE LA MAGIE

La magie, c'est le pouvoir d'agir sur notre environnement, de modifier le cours des choses. Elle est pratiquée, généralement dans le secret, par des initiés. Ils font appel à des puissances surnaturelles qu'ils peuvent contrôler. Selon les époques, la magie a été associée à la religion, à la science, à la sorcellerie, voire à la divination. De nos jours, le terme désigne aussi un art du spectacle fondé sur l'illusion.

Différents types de « magiciens »

Magicien, devin, guérisseur, sorcier... Autant de termes couramment employés pour évoquer la magie. Mais définissent-ils tous la même chose ? Le magicien est un savant qui a une connaissance pointue des secrets de la nature. Il se sert de son savoir pour réaliser des prodiges afin d'influer sur son environnement. Le guérisseur se consacre à la guérison des hommes et des animaux et fabrique souvent pour cela des potions et des remèdes. Le sorcier utilise les techniques et recettes magiques pour agir sur les êtres et le cours des événements.

Pourquoi avoir recours à la magie ?

De tout temps, les hommes ont souhaité avoir une influence sur le cours de leur vie pour se protéger du malheur, prévenir les maladies, devenir riches, attirer l'amour, connaître l'avenir, rester éternellement jeunes, voire être immortels. Ils ont alors fait appel aux services d'êtres humains qu'ils estimaient doués de pouvoirs exceptionnels.

Les Rois mages suivant l'étoile qui les conduira à l'enfant Jésus.

Au départ, il y avait les mages

Le mot « magie » vient du latin *magia*, lui-même emprunté au grec *mageia*, qui signifie « religion des mages perses ». En effet, à l'origine, les mages étaient des prêtres perses, adeptes d'une ancienne religion du Moyen-Orient, pratiquée plusieurs siècles avant Jésus-Christ. C'étaient aussi des savants et des astrologues. Les Rois mages qui, selon l'Évangile de saint Matthieu, sont venus d'Orient se prosterner devant l'enfant Jésus étaient probablement des astrologues : ils avaient observé la position des planètes et avaient pu lire dans le ciel la naissance d'un nouveau roi ; c'est une étoile qui les guida jusqu'à Bethléem.

Magie et sorcellerie

Selon les époques et les régions du monde, on parle indifféremment de magie ou de sorcellerie pour désigner une même pratique. En Occident, les deux notions ont longtemps été liées, jusqu'au XVe siècle, où la sorcellerie a été apparentée à une forme de magie maléfique. Mais les sorciers des tribus d'Afrique, par exemple, sont davantage des sages et des guérisseurs. Comme il y a une « bonne » et une « mauvaise » magie selon les intentions du magicien, tous les sorciers ne sont pas diaboliques et n'opèrent pas dans le seul but de faire le mal.

Une diseuse de bonne aventure tire les cartes pour prédire l'avenir à de jeunes gens. Jusqu'au début du XIIIe siècle, magie et divination étaient souvent confondues. Les magiciens étaient consultés pour connaître les faits à venir autant que pour tenter d'influer sur le cours de la vie, notamment dans les domaines de la santé, de l'amour et de l'argent.

La magie comme divertissement

On appelle aujourd'hui communément « magiciens » des artistes très habiles qui font des tours d'adresse. Ce sont en fait des illusionnistes ou des prestidigitateurs. Leurs effets n'ont rien de magique, ils visent à créer des illusions, parfois très réussies d'ailleurs ! Mais ces tours sont expliqués par des trucages astucieux qui ne font pas intervenir de forces surnaturelles. La magie, au sens premier du terme, reste un phénomène surnaturel inexpliqué.

LA MAGIE DES TEMPS ANCIENS

La magie fait partie de l'univers des hommes depuis la nuit des temps. Il y a 50 000 ans déjà, les hommes de Neandertal et les Homo sapiens s'adonnaient à des rituels comparables à des cérémonies magiques. Très certainement utilisée au départ pour soigner, favoriser la chasse, permettre le passage d'une âme dans le monde des morts, la magie a été de plus en plus sollicitée pour influer sur le cours des événements. Dans l'Antiquité égyptienne et gréco-romaine, elle était intimement liée à la religion.

Les chamanes des temps anciens

Les cavernes préhistoriques auraient abrité des cérémonies mystiques autour d'un sorcier. Seul ou entouré d'une poignée d'initiés, cet homme respecté du clan se livrait à une danse au cours de laquelle il entrait en transe (un état de semi-conscience qui donne des visions). Puis, inspiré par les esprits, il peignait des figures sur les parois des grottes. L'obscurité et la rareté de l'air dans ces cavités souterraines, ajoutées à l'absorption de plantes bien spécifiques (comme le datura), étaient sans doute propices aux hallucinations.

Dans la grotte des Trois-Frères, en France, on peut voir la représentation d'un homme barbu avec des yeux ronds, des oreilles de loup, des bois de cerf sur la tête et une queue de cheval. Il porte un masque et semble danser. Selon les préhistoriens, il s'agirait d'un sorcier. Il évoque les chamanes d'Amérique ou de Sibérie qui revêtent des peaux de bêtes lors de leurs cérémonies, pensant ainsi incarner les esprits de ces animaux.

La magie chez les hommes des cavernes

C'est à la Préhistoire que seraient apparus les premiers magiciens, sortes d'intermédiaires entre les membres de leur tribu et un monde surnaturel. En contact direct avec la nature, nos ancêtres dotaient très certainement les animaux et les plantes d'« esprits » avec lesquels ils pouvaient entrer en relation. Les peintures retrouvées sur les parois des grottes comme à Lascaux, en France, ou à Altamira, en Espagne, auraient servi à convoquer ces esprits afin de garantir une bonne chasse ou d'invoquer la pluie pour obtenir de bonnes récoltes. Ces dessins étant situés dans des endroits retirés de la grotte, on pense qu'ils auraient été réalisés non pas seulement pour être admirés mais plutôt au cours d'un rituel magique et secret.

Les hommes préhistoriques représentaient probablement sur les parois des grottes les animaux qu'ils souhaitaient chasser : bisons, chevaux, mammouths, etc., demandant aux esprits de ces animaux de leur envoyer du gibier en abondance. Parfois, des dessins sont superposés, suggérant que chaque peinture servait pour un rituel magique bien précis et que, si l'on souhaitait effectuer un nouveau rituel, il fallait un nouveau dessin. Toutefois, ces interprétations restent controversées.

Cette jolie fleur en forme de trompette, le datura, est extrêmement dangereuse. Appelée également herbe du diable ou herbe aux fous, elle est utilisée pour des rituels chamaniques depuis les temps préhistoriques. Elle provoque hallucinations, perte de conscience et parfois amnésie.

L'écriture était sacrée chez les Égyptiens, les formules magiques étaient donc écrites. Comme une grande partie de la population ne savait pas lire, il était d'usage de « boire » les formules. Pour ce faire, on versait de l'eau sur les pierres ou les papyrus sur lesquels elles étaient inscrites, ou bien on plongeait ces supports dans l'eau, puis on buvait le liquide ainsi imprégné du texte magique.

Au temps de l'Égypte ancienne, la magie était quotidienne

La magie occupait une place importante dans l'Égypte ancienne. Du simple paysan au grand pharaon, tous l'utilisaient quotidiennement afin de lutter contre la malchance, la maladie, les morsures de serpent ou les piqûres de scorpion (un vrai fléau à l'époque !), mais aussi pour soigner les blessures, protéger les enfants, favoriser les récoltes ou gagner un combat. Une formule magique, inscrite sur un morceau de papyrus, une poterie ou une pierre, correspondait à chaque cas. Elle devait être dite par un prêtre ou une personne de sang noble. Une fois la formule prononcée, l'objet sur lequel elle était écrite était enterré dans un lieu secret.

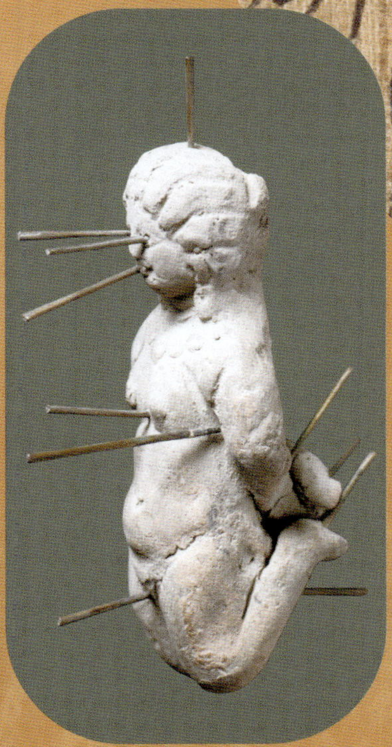

Les Égyptiens se servaient de statuettes de cire ou de terre, les dogydes, pour symboliser une personne. La figurine était brûlée, détruite ou piquée de clous pour que la personne visée en subisse les souffrances.

Statuette d'envoûtement datant du IIe millénaire avant Jésus-Christ.

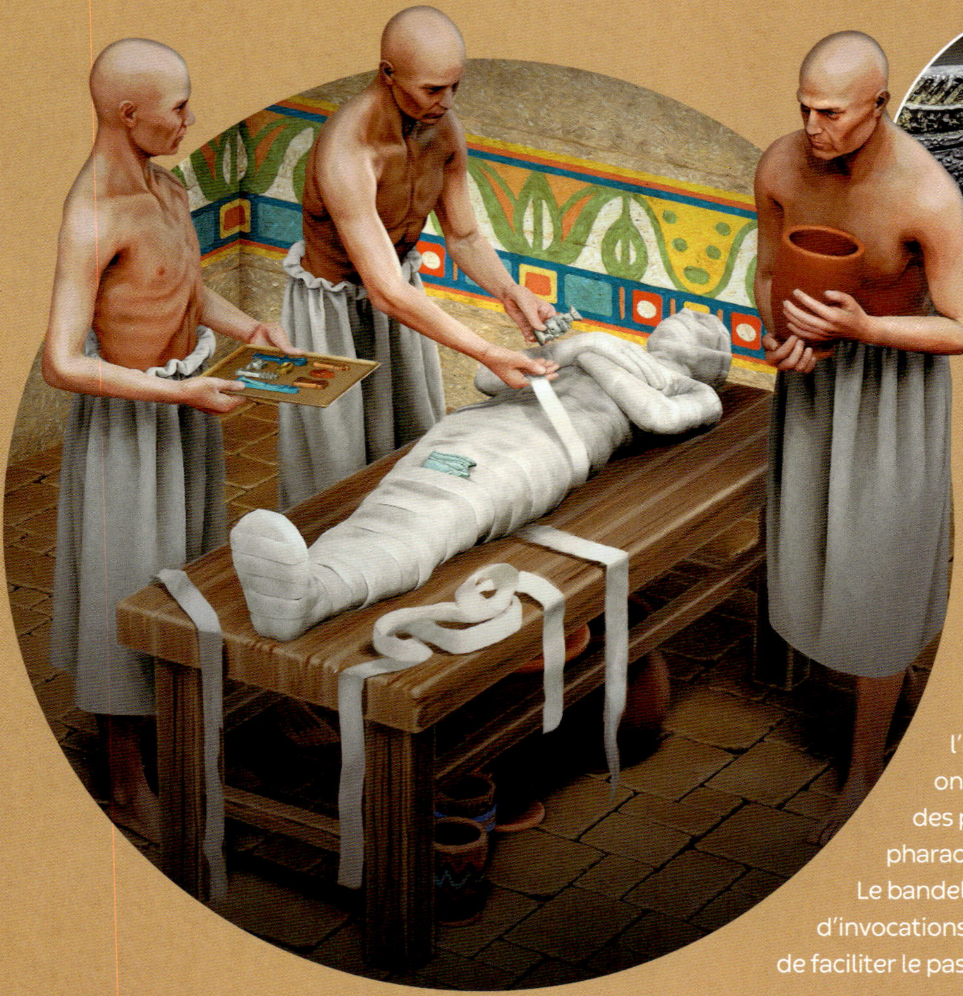

La momification, une pratique magique

Les Égyptiens croyaient à une vie après la mort. Aussi, ils apportaient un soin particulier à la préservation des corps des défunts. Après avoir été vidé de ses viscères (foie, estomac, etc.), à l'exception du cœur, le corps était plongé dans du natron, une sorte de sel, pour être conservé. Puis on l'entourait de bandelettes de tissu, entre lesquelles on glissait de petits objets auxquels on attribuait des pouvoirs protecteurs : les amulettes. La momie du pharaon Toutankhamon n'en contenait pas moins de **43** ! Le bandelettage, opéré par des prêtres, était accompagné d'invocations, de prières et de formules magiques afin de faciliter le passage du mort dans l'au-delà.

La magie chez les Grecs et les Romains

Pour les Grecs et les Romains, le magicien était un personnage peu rassurant, condamné par les prêtres, mais que le peuple consultait en secret, comme le montrent les nombreuses amulettes et tablettes de malédiction retrouvées. À Rome, la pratique de la magie fut interdite sous peine de mort en 341 avant Jésus-Christ. En revanche, les rituels à base de chants et de mixtures aux plantes visant à soigner, étaient considérés comme de la médecine et acceptés. En effet, pour les Grecs et les Romains, les maladies pouvaient être envoyées par les dieux, et de tels rituels étaient alors la seule parade possible. Ils nécessitaient l'intervention d'un intermédiaire pour traiter directement avec le monde divin. Des témoignages écrits attestent ainsi l'existence de chamanes en Grèce dès 600 avant Jésus-Christ.

La divination occupait une grande place dans la religion grecque. La pythie, à Delphes, était une prêtresse que l'on venait consulter dans une salle souterraine du temple d'Apollon. Elle entrait en transe après avoir inhalé des gaz et mâché des feuilles de laurier, puis formulait des réponses, souvent incompréhensibles, qui lui étaient dictées par les dieux : les oracles. Ses paroles devaient être décodées par les prêtres d'Apollon.

Les druides avaient un grand pouvoir politique et religieux, qui représenta une menace pour l'Empire romain quand celui-ci s'empara de la Gaule. L'essor du christianisme et l'évolution des structures sociales les firent disparaître peu à peu.

Les druides gaulois

Les Gaulois croyaient en plus de 400 divinités et vénéraient les forces de la nature. Chaque tribu possédait un druide, grand prêtre qui faisait le lien entre le monde surnaturel et les hommes. Celui-ci, après avoir suivi une formation d'une vingtaine d'années auprès de druides expérimentés, était capable de communiquer avec les plantes et les animaux sauvages, et avait des connaissances pointues en astronomie. À la fois scientifique et philosophe, le druide était aussi guérisseur, enseignant et devin, transmettant son savoir oralement.

Les Gaulois considéraient le gui, qui pousse sur le chêne rouvre, comme une plante sacrée qui guérissait tous les maux. En tisane, il favorisait la fécondité et agissait comme un antipoison. Seuls les druides étaient autorisés à le cueillir, selon un rite bien précis.

Samhain

C'était le Nouvel An gaulois, célébré dans la nuit du 31 octobre au 1er novembre. On croyait que lors de cette nuit magique les esprits des morts revenaient hanter les vivants. Une grande fête était organisée, au cours de laquelle on sacrifiait des animaux et l'on dansait afin d'apaiser les esprits.

LE MAGICIEN

Le magicien est celui qui pratique la magie. Fin connaisseur des lois qui régissent l'Univers et la nature, il se veut l'intermédiaire entre le monde des humains et le monde surnaturel. Grâce à un don transmis de génération en génération ou à la suite d'un long apprentissage, il a le pouvoir d'accomplir des faits étonnants et d'agir sur le monde qui l'entoure. L'un des magiciens les plus célèbres de la littérature est Merlin l'Enchanteur, protecteur du roi Arthur et amoureux de la fée Viviane.

La baguette magique

Elle est indissociable du magicien. Fabriquée avec une branche de noyer, de noisetier ou d'aubépine, elle lui permet de jeter des sorts, de faire apparaître ou disparaître des objets, de les transformer, de réciter des incantations ou des formules magiques, de mélanger les ingrédients de ses potions. À l'aide de sa baguette magique, le magicien trace parfois autour de lui un cercle qui le préserve des influences négatives.

Le chaudron

Dans son gros chaudron, le plus souvent en cuivre, le magicien prépare et fait cuire ses potions ainsi que ses philtres magiques (boissons généralement employées pour rendre quelqu'un amoureux).

L'environnement du magicien

Le magicien est un savant, un chercheur, qui consacre parfois sa vie à analyser le monde qui l'entoure et à élucider les mystères de la nature en étudiant minéraux, plantes, astres, étoiles, énergies... À partir de ses différentes découvertes, il met au point des rituels, des potions, des remèdes. Comme son art est le fruit d'un long travail, il l'exerce souvent dans des lieux isolés, où rien ni personne ne viendra troubler sa tranquillité : dans une vieille cabane au fond d'un bois, ou bien sur une colline ou une montagne afin de pouvoir observer les étoiles. Certains magiciens préfèrent parcourir les chemins et ont pour seul laboratoire les forêts, les campagnes et les lacs environnants.

Le costume

La représentation traditionnelle du magicien est celle d'un vieillard un peu illuminé à barbe blanche, au regard lointain car perdu dans ses réflexions ou tourné vers un autre monde, marmonnant des paroles difficilement audibles et souvent incompréhensibles. Il est généralement vêtu d'une longue robe ample, dont les grandes poches débordent de fioles ou de plantes et de pierres récoltées lors de ses pérégrinations dans la nature. Il porte sur la tête une calotte ou un chapeau pointu, parfois décoré d'étoiles qui rappellent qu'à l'origine le magicien était aussi astrologue.

ABRACADABRA !

Ce petit mot amusant est une parole de protection. Il pourrait provenir de l'hébreu « *Abreg ad Hâbra* », signifiant : « Envoie ta foudre jusqu'à la mort », ou de l'araméen « *adhadda kedhabhra* » (« Que la chose soit détruite ») et était prononcé dès l'Antiquité afin de chasser le mal et les mauvais esprits. Au Moyen Âge, il était employé pour prévenir les maladies et soigner la fièvre. De nos jours, la formule est parfois utilisée par les prestidigitateurs pour faire croire qu'ils invoquent des forces surnaturelles lorsqu'ils réalisent leurs tours.

L'autel

C'est une table fabriquée dans un composant naturel (bois, marbre, pierre) et recouverte d'un tissu dont la couleur peut varier selon le rituel à réaliser. Le magicien y pose son grimoire, bien sûr, mais aussi tout ce qui peut aider à créer une atmosphère propice à la magie : bougies, encens, objets symboliques comme des pierres, des coquillages, des statuettes, etc.

Le grimoire

Tout magicien digne de ce nom possède un livre dans lequel il note à la plume ses formules magiques et ses recettes de potions, ainsi que tous les résultats de ses découvertes et études. Le grimoire est personnel et unique. Seul le magicien peut l'utiliser. Il est souvent protégé par une couverture munie d'une serrure, et son langage codé n'en permet la lecture et la compréhension qu'aux initiés.

Le pentacle

Cette étoile à cinq branches peut être dessinée sur la couverture du grimoire, gravée dans du métal ou imprimée sur un parchemin posé sur l'autel. Le pentacle est bénéfique et protège contre les influences négatives. À la pointe de chaque branche, le magicien écrit parfois le nom en latin ou en hébreu des divinités ou esprits qu'il veut invoquer.

LES SORCIÈRES

Au Moyen Âge, on vivait surtout dans les campagnes. Il y avait peu de médecins et, pour se soigner, on se tournait facilement vers des personnes qui savaient concocter des remèdes à base de plantes ou lancer des sortilèges pour éloigner le mal. Les croyances dans les pouvoirs de ces sorciers et magiciens (les deux notions étaient encore liées à l'époque) étaient très ancrées. Une transition progressive entre le magicien et la sorcière, soupçonnée de s'allier avec le diable, se fit à partir du XVe siècle. Tout un imaginaire sur les pratiques de celle-ci se développa alors.

Les sortilèges des sorciers

Le sorcier est au départ un diseur de sort qui prédit l'avenir. De là vient l'idée qu'il peut influencer le futur et lancer des charmes ou des sortilèges. Il manipule les forces obscures de la nature pour son propre profit ou celui d'autrui. On peut le consulter pour obtenir des philtres, des amulettes, des remèdes contre le mal. On peut aussi se rendre chez lui pour se venger d'un ennemi. Le sorcier procède alors à un envoûtement, un rituel ayant pour but de changer le comportement d'une personne ou d'influer sur son destin, comme la faire tomber malade, la rendre amoureuse malgré elle, la ruiner, etc.

Les sorcières volent-elles vraiment ?

La vision de la sorcière qui enfourche son balai pour se déplacer dans les airs est née au XVe siècle. On racontait que la pommade à base de plantes vénéneuses (telles que la belladone ou l'aconit) dont les sorcières s'enduisaient le corps avant d'assister au sabbat avait le pouvoir de leur donner des hallucinations. Elles pouvaient donc tout à fait imaginer qu'elles volaient sur un balai ! La tradition veut que les sorcières se rendent au sabbat sur leur balai volant, mais certaines le rejoignent à dos de bouc, de sanglier ou de tout autre animal que leur envoie le diable.

La représentation populaire de la sorcière est celle d'une vieille dame au nez crochu et couverte de verrues, courbée au-dessus de son chaudron ou chevauchant son balai magique. Cette image relayée par les contes et les légendes ne correspond à aucune réalité.

SATAN ET LES ANGES DÉCHUS

Au Moyen Âge, le diable fait partie intégrante de la vie de tous les jours. Dans la croyance populaire, c'est un ange prénommé Lucifer (« Celui qui porte la lumière ») qui fut exclu du paradis parce qu'il s'était révolté contre Dieu, entraînant avec lui d'autres anges. Tous atterrirent en enfer, les anges devenant des démons et Lucifer prenant le nom de Satan (ou diable). Satan incarne la puissance du Mal. Il incite les hommes à la haine et cherche à les attirer vers les enfers. Il est tenu pour responsable de leurs mauvais agissements. Ci-contre, Lucifer chassé du paradis par saint Michel.

Quand la sorcière pactise avec le diable

Le terme de sorcellerie prend une connotation maléfique à partir du XVe siècle et jusqu'au XVIIIe siècle, quand la religion chrétienne se sent menacée par ces pratiques et que des femmes, en grande majorité, sont accusées de pactiser avec le diable. La magie est apparentée à un crime et les sorcières deviennent coupables de tout : des intempéries qui mènent à de mauvaises récoltes, des épidémies, des vols, de la mort d'un enfant, etc.

Le sabbat, grande messe noire

Pour imposer leur puissance, les autorités religieuses firent croire que les sorcières se réunissaient régulièrement au cours d'une grande assemblée présidée par Satan : le sabbat. On racontait que cette cérémonie se tenait la nuit dans un lieu gardé secret : une forêt, une grotte ou des ruines antiques. Tous les symboles chrétiens y étaient tournés en dérision. L'autel était recouvert d'une nappe noire sur laquelle étaient posées des chandelles noires. La messe était dite à l'envers. Une rondelle de rave (racine) noire remplaçait l'hostie (le pain sans levain que les catholiques reçoivent à la messe). Quand toutes les sorcières étaient rassemblées, Satan leur demandait de confesser leurs méfaits et punissait celles qui n'en avaient pas commis assez. La fête se terminait par un immense banquet et un bal sur fond de musique discordante.

LA CHASSE AUX SORCIÈRES

Le christianisme s'est imposé comme religion officielle de l'Empire romain à la fin du IVe siècle puis s'est diffusé en Occident. Au Moyen Âge, la religion rythme la vie quotidienne. Vers la fin du XVe siècle, toutes les croyances et pratiques autres que chrétiennes, sorcellerie et magie comprises, sont associées au diable. Une grande traque commence alors dans toute l'Europe et aux États-Unis, visant en majorité des femmes. Une vague de persécutions s'ensuit, menée par l'Église et les inquisiteurs d'abord, puis par des juges civils.

Une justice impitoyable

L'Inquisition fut créée par la papauté au XIIIe siècle. C'était un tribunal spécial destiné à combattre l'hérésie (croyance différente de celle de l'Église). Durant le XVIe et le XVIIe siècle, les inquisiteurs furent chargés de diriger des procès en sorcellerie dans toute l'Europe occidentale. Toute sorcière présumée subissait un interrogatoire si cruellement mené qu'il conduisait des innocentes à avouer des fautes qu'elles n'avaient pas commises. L'enquête était faussée et la délation encouragée : les biens de la coupable revenaient parfois au dénonciateur !

Des châtiments abominables

Tous les moyens, même les plus ignobles, étaient bons pour obtenir des aveux. On mettait la sorcière présumée en balance avec une bible (à l'époque, le livre pouvait mesurer 1 m de hauteur et les pages étaient très lourdes) ou avec d'autres poids. Si l'accusée était plus légère, elle était coupable. Sa légèreté prouvait qu'elle pouvait voler sur un balai. Autre méthode : plonger la suspecte dans l'eau après l'avoir ligotée. Si elle flottait, c'était une sorcière, car le diable la maintenait hors de l'eau ; si elle coulait, elle était innocente… Dans les deux cas, condamnée à mourir ! Toute personne jugée coupable était souvent mise à mort en public, soit brûlée sur le bûcher, soit pendue.

Comment prouvait-on qu'une personne était une sorcière ?

De nombreux manuels expliquant comment démasquer les adeptes de la sorcellerie furent imprimés. Tout ou presque pouvait être retenu comme preuve : si une femme avait une tache sur le visage, si elle était trop maigre ou si ses yeux étaient chacun d'une couleur différente… Les personnes souffrant d'une malformation physique pouvaient être considérées comme des sorcières, mais aussi celles qui cueillaient des plantes. Même les roux ou les gauchers étaient suspects ! Les juges cherchaient également la « marque du diable » sur la prétendue sorcière, c'est-à-dire un endroit de la peau où le diable aurait apposé son doigt et qui serait devenu insensible à toute douleur ou brûlure.

LE CAS DE JEANNE D'ARC

Née en 1412, cette jeune femme s'est illustrée en combattant auprès du roi de France Charles VII pendant la guerre de Cent Ans. Depuis toute petite, très pieuse, elle dit entendre des voix divines qui lui dictent sa conduite. Capturée puis vendue aux Anglais, elle est accusée par ces derniers d'être tombée entre les mains du diable et est condamnée pour sorcellerie. Elle est brûlée vive en 1431, à 19 ans.

L'affaire des Poisons

En 1679, en France, sous le règne de Louis XIV, plusieurs personnes faisant partie du cercle du roi sont mêlées à un scandale touchant à la sorcellerie : elles sont accusées d'avoir sollicité les services d'une devineresse et sorcière surnommée la Voisin afin d'obtenir des poisons. Un jugement conduit à plus de 300 arrestations entre 1679 et 1682. Au final, 36 personnes sont exécutées, dont la Voisin, brûlée sur le bûcher en 1680.

Les procès de Salem, aux États-Unis

En 1692, à Salem, village du Massachusetts, aux États-Unis, des jeunes filles qui s'ennuient font croire qu'elles souffrent d'un mal étrange et prétendent qu'elles auraient été ensorcelées par des voisines. Cette mauvaise farce se transforme en tragédie quand, pour éviter la pendaison, les femmes accusées à tort en dénoncent d'autres. De nombreux innocents sont ainsi arrêtés sans qu'aucune enquête sérieuse soit menée, et 19 sont mis à mort sur la seule foi de témoignages hasardeux.

LES ALCHIMISTES

En Europe, du XIIe au XVIIIe siècle, se développe une science cherchant à transformer les métaux en or : l'alchimie. Cette pratique a également pour vocation de trouver un remède à toutes les maladies, et même de prolonger l'existence en mettant au point l'élixir de longue vie. Si les alchimistes ont parfois été accusés d'être des charlatans ou des illuminés, leur art a néanmoins posé de nombreuses bases de la chimie moderne. L'alchimie est aussi une quête spirituelle, qui vise l'élévation de l'âme, pour qu'elle atteigne une forme de sagesse supérieure.

Des origines dans l'Antiquité

Dans l'Égypte ancienne, l'or était considéré comme le métal parfait, divin, et on le trouvait partout : il recouvrait les sols, les plafonds, ornait les bijoux, les statues, les masques funéraires et les tombeaux. Certes, il existait bien quelques mines d'or, mais pas assez pour couvrir tous ces besoins. Les Égyptiens, qui maîtrisaient l'art de fondre et de teindre les métaux, avaient-ils trouvé le moyen de produire de l'or ? Ce n'est pas impossible. Vers le IVe siècle, les Grecs, qui fondèrent une académie de l'alchimie, livrèrent les premiers traités sur cette discipline. Au VIIIe siècle, les Arabes traduisirent les écrits grecs et découvrirent à leur tour l'alchimie. Les alchimistes arabes tentèrent avant tout d'élaborer la recette d'une potion visant à guérir tous les maux physiques. En vain. Le monde arabe se tourna alors vers d'autres sciences comme la médecine.

Une quête spirituelle

C'est au XIIe siècle que l'alchimie gagne l'Europe. Les alchimistes sont des philosophes et des chercheurs, qui étudient avec ardeur les traités scientifiques venus d'Orient et travaillent parfois toute leur vie pour percer les mystères de la nature et de la matière. Dans leur laboratoire, ils cherchent à comprendre le secret de la transformation des métaux « vils » (sans valeur), tels que le plomb, le mercure ou le zinc, en métaux précieux comme l'or (moins souvent l'argent). Ils souhaitent également trouver un remède universel à toutes les maladies. Ils appellent cette quête le « Grand Œuvre ». Ce n'est pas pour devenir riches que les alchimistes veulent obtenir de l'or, mais parce que ce métal a une valeur symbolique de pureté et de divinité. À l'image d'un métal ordinaire qui se change en or, ils cherchent à se transformer eux-mêmes, à s'élever spirituellement pour atteindre la pureté de l'âme et la connaissance suprême.

Au départ, alchimie et chimie sont une seule et même pratique ; elles ne seront dissociées qu'au XVIIIe siècle, l'alchimie devenant une science archaïque et disparaissant peu à peu. Les alchimistes se livrent à de nombreuses expériences et font fondre les métaux dans leur four spécifique, l'athanor, où le feu brûle en permanence.

Nicolas Flamel et sa femme.

La légende de Nicolas Flamel

La grande fortune de cet écrivain public français, né vers 1340 et mort à Paris en 1418, a de son temps suscité de nombreuses rumeurs et donné naissance à un mythe : il aurait été le seul alchimiste à avoir trouvé le secret de la pierre philosophale. La légende raconte que c'est après avoir vu un ange en rêve et découvert un mystérieux manuscrit que Flamel se serait lancé dans l'alchimie, secondé par son épouse, Pernelle. Après de longues années de labeur, il aurait obtenu de l'or à partir du mercure. On dit même que sa femme et lui auraient découvert la formule de l'immortalité et qu'ils seraient toujours en vie ! En réalité, rien ne prouve que Nicolas Flamel ait un jour pratiqué l'alchimie.

LA PIERRE PHILOSOPHALE

La réalisation du « Grand Œuvre » nécessite de découvrir la pierre philosophale. Cette substance très mystérieuse, aussi appelée « pierre des Sages », serait en effet indispensable pour changer les métaux en or ou fabriquer l'élixir de longue vie, qui prolongerait l'existence de plusieurs centaines d'années. Bien qu'elle soit déjà mentionnée dans les anciens traités grecs, on ne sait pas grand-chose sur elle. Elle serait rouge et transparente comme une pierre précieuse, lourde comme le métal, inoxydable. Sa fabrication exigerait une série d'opérations et de manipulations très complexes.

D'AUTRES DONS

La Préhistoire avait déjà ses magiciens et ses guérisseurs, des hommes ou des femmes qui communiquaient avec les esprits ou soignaient leurs semblables grâce à des plantes ou des rituels spécifiques. De nos jours, en dépit des progrès de la science et de la médecine, il reste des contrées où la croyance dans les phénomènes surnaturels demeure tenace. Et même dans les pays occidentaux, où certaines pratiques persistent, bon nombre de personnes sont persuadées que des êtres à part possèdent des dons exceptionnels.

La pensée chamanique

Pour les sociétés chamaniques traditionnelles telles qu'on en trouve en Sibérie, chez les Indiens d'Amérique du Nord ou en Amérique du Sud, l'Univers est un tout. L'homme n'est qu'un élément de la nature, au même titre que les animaux ou les plantes. Tous sont habités par des esprits. Les relations entre les espèces sont fondées sur l'échange : les hommes, pour survivre, chassent les animaux et cueillent des plantes ; en contrepartie, les esprits de ces derniers se nourrissent de la force vitale des humains, qui vont tomber malades ou mourir. Ces esprits peuvent également envoyer des châtiments lorsqu'ils estiment que les hommes se sont mal comportés avec la nature : épidémies, famines, catastrophes naturelles... Afin de les apaiser, les chamanes, des êtres craints et respectés, ont pour fonction de faire le lien avec eux. Il n'existe pas un mais des chamanismes selon les régions.

De nos jours, les chamanes sont plutôt des guérisseurs et des conseillers, car ils sont fréquemment devins. Parfois magiciens, ils peuvent agir pour le bien de leurs concitoyens ou s'opposer à leur bonne fortune.

Les sorciers en Afrique

Ils sont aussi appelés « marabouts » ou « prêtres guérisseurs ». Ce sont des hommes, ou des femmes, respectés comme des sages dans leur tribu. On s'en remet à eux pour passer chaque étape importante de la vie : mariage, naissance, enterrement, crise (maladie, faillite, etc.). Ils sont aussi sollicités pour régler tous les problèmes du quotidien et soigner les gens. Sachant pratiquer la magie, ils prescrivent à leurs « clients » des actes à accomplir (sacrifice d'animaux, porter un objet magique sur soi, boire un remède à base de plantes). Ils proposent des grigris qui amènent la chance à ceux qui les portent et les protègent des mauvais esprits. Selon les peuplades, les traditions et les croyances sont très différentes.

Le rôle du chamane

Le chamane intervient à chaque moment important de la vie de l'individu ou de la collectivité. Il protège des mauvais esprits et accompagne les âmes des morts vers l'au-delà, assure une bonne chasse, soigne à l'aide de plantes... Pour entrer en contact avec le monde invisible, il se fait aider par des esprits dits « auxiliaires » (esprits de ses ancêtres, de chamanes morts ou d'animaux), qui se manifestent à lui par le rêve ou par des visions, souvent provoquées par la consommation de plantes hallucinogènes. Les rituels s'accompagnent de musique, de chants et de toute une gestuelle visant à séduire les esprits pour les inciter à ouvrir leur monde au chamane.

À gauche, un chamane bolivien soigne une femme souffrant de rhumatismes.

En Bolivie, à La Paz, se tient un marché des sorcières : on y trouve tous les ingrédients pour concocter des remèdes magiques ou faire des offrandes aux dieux (plantes, pommades, pierres, poudres, mais aussi grenouilles séchées, fœtus de lama, qui sont considérés comme des porte-bonheur...). On peut également y consulter des guérisseurs.

Le vaudou

À l'origine, c'est une forme de religion venue d'Afrique de l'Ouest (Bénin et Togo) qui s'est diffusée dans certaines régions d'Amérique et dans des îles comme Cuba ou Haïti. De même que dans le chamanisme, on y voue un culte aux forces invisibles, ou esprits. Le sorcier vaudou se met en transe afin d'entrer en contact avec les esprits. Il peut aussi communiquer avec les morts et soigner les blessés et les malades. Il a également un rôle de soutien pour les personnes en détresse. Les sorciers vaudous se servent d'objets appelés « fétiches », supposés avoir des propriétés bénéfiques et renfermer des esprits. Les fétiches peuvent être des animaux, eux aussi dotés d'une âme selon cette croyance.

Paradoxalement, la poupée vaudoue (qui représente une personne à laquelle on veut jeter un sort pour lui faire du mal) n'est pas présente dans la religion vaudoue. Pour ensorceler, les vaudous emploient des wangas, des sortes de sacs contenant des plantes ou d'autres ingrédients.

Dans le vaudou, des statuettes protectrices comme celle ci-contre servent d'offrandes aux dieux.

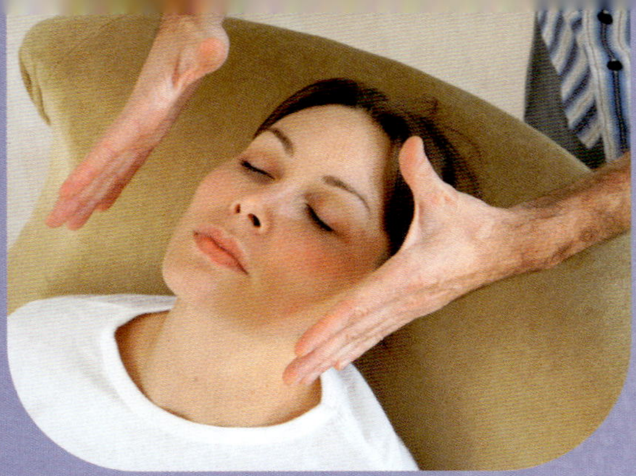

Les guérisseurs magnétiseurs

Dans les sociétés occidentales, ce sont en quelque sorte de lointains cousins des chamanes. Les guérisseurs n'ont pas fait d'études de médecine, c'est pourquoi ils ne sont pas reconnus dans certains pays comme la France. Les magnétiseurs soignent en se servant d'une sorte de fluide invisible qu'ils émettent par les mains et appellent « magnétisme ». Ce fluide leur permet de soulager les douleurs physiques et morales. Ils transmettent ainsi leur énergie aux patients en imposant leurs mains au-dessus du corps de ces derniers. Certains magnétiseurs seraient parvenus à faire remarcher des personnes paralysées ! Les rebouteux sont plutôt des manipulateurs du squelette : ils remettent en place les os fracturés ou interviennent en cas de foulure, de mal de dos, de torticolis, etc.

Les coupeurs de feu

Rien de plus mystérieux que ces personnes qui, par de simples gestes et des prières, parviennent à soulager les brûlures de toutes sortes. Certains coupeurs (ou barreurs) de feu peuvent même agir par téléphone ! Leur don est tellement reconnu que, bien qu'il reste inexplicable, certains hôpitaux font appel à eux dans leurs services de grands brûlés, et des médecins leur envoient leurs patients. Si la brûlure ne disparaît pas comme par miracle, la douleur, elle, s'atténue presque immédiatement et la cicatrisation est plus rapide. Voilà une pratique magique par excellence !

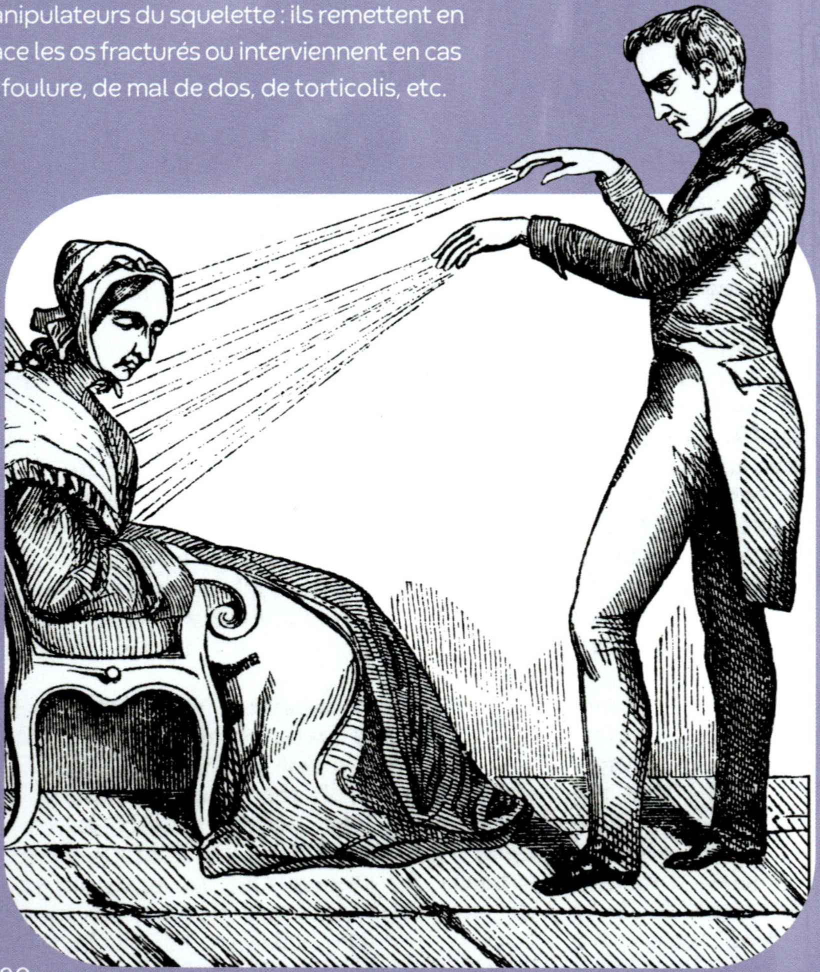

Bien qu'elle existe depuis l'Antiquité, la technique des magnétiseurs n'est pas expliquée par la science.

Ce qui est impressionnant, c'est que les guérisseurs peuvent agir à distance, à partir d'une simple lettre ou photo envoyée par le consultant. Ils peuvent même traiter les animaux.

Dans les populations où l'on croit que les malheurs et les maladies sont envoyés par des esprits ou sont le résultat d'un envoûtement, on se protège grâce à de petits objets, naturels ou fabriqués (pendentif, statuette, pierre, plante, photo, vêtement, etc.), que des magiciens ou des sorciers ont dotés de pouvoirs magiques au cours d'un rituel. La personne qui porte l'objet sur elle ou le touche bénéficie de ses influences positives. À condition d'y croire, bien sûr.

Les sourciers

À l'aide de sa baguette en bois de noisetier, appelée aussi « coudrier », le sourcier serait capable de repérer des nappes d'eau souterraines. Cette faculté est considérée comme un don. Elle part du principe que toute chose, même cachée, émet un courant, une vibration que quelques initiés peuvent capter. Certains sourciers se servent d'une baguette en métal ou d'un pendule, petite boule suspendue à un fil ou à une chaîne qui se balance sous l'effet de la pesanteur ou d'une vibration.

Le coudrier, baguette à deux branches formant un Y, émet de puissantes vibrations quand il passe au-dessus d'une source d'eau souterraine. L'art du sourcier consiste à ressentir ces vibrations et à se laisser guider par elles. Au XVIIe siècle, la baguette de sourcier était utilisée pour détecter des mines.

Les médiums et les voyants

Le médium possède une sorte de sixième sens qui lui permet de voir ou d'entendre des esprits ou des êtres invisibles, de capter une autre réalité. Il a des flashs, des intuitions ou peut faire des rêves prémonitoires. Le voyant devine les pensées de son interlocuteur et perçoit son passé et ce que peut être son futur. Il travaille grâce à différents supports : boule de cristal, cartes de tarot divinatoire, lignes de la main, etc. En Chine, on se sert d'os d'animaux ou de pièces de monnaie, que l'on jette comme des dés. Autrefois, notamment en Grèce, à Rome et au Moyen-Orient, certains devins lisaient l'avenir dans les entrailles des animaux ou dans la façon dont les oiseaux volaient.

LES PLANTES MAGIQUES

Notre planète regorge de plantes qui, depuis la Préhistoire, ont permis aux hommes de se nourrir et de se soigner. De tout temps et en tout lieu, les magiciens et les sorciers s'en sont également servis pour accomplir leurs rituels. Guérir un mal, assurer une protection, apporter des bienfaits (amour, argent, bonheur), mais aussi causer du tort à autrui : un bon magicien connaît les pouvoirs bénéfiques et toxiques de chaque plante, il en maîtrise les dosages et sait quelles associations il peut faire.

L'enchantement

Pour que le rituel soit efficace, les plantes sont « enchantées », c'est-à-dire que le magicien ou le sorcier émet un vœu qui indique dans quel but il utilise la plante. Par exemple : « Je te cueille, jolie rose, pour attirer l'amour de X. » Le vœu est généralement accompagné de prières ou d'incantations.

Le mortier et le pilon sont les outils indispensables au magicien qui pratique la magie par les plantes : il s'en sert pour broyer les racines et les feuilles.

Mandragore

La cueillette

Qui veut utiliser les plantes à des fins magiques doit respecter certaines règles. Les pouvoirs des végétaux dépendent en effet de la manière dont ils ont été cueillis. Il est important de tenir compte du mois, du jour et de l'heure pour effectuer la récolte au moment propice : les herbes ne doivent être ni trop fraîches ni fanées. Selon les effets que l'on veut produire, la plante sera cueillie à tel ou tel moment de sa croissance. Le magicien doit aussi surveiller les cycles lunaires avant la cueillette : certaines plantes se cueillent avant la pleine lune, d'autres après, selon l'usage qu'on souhaite en faire. Une fois cueillies, les plantes doivent être lavées puis séchées soigneusement.

Considérée comme la plante sorcière par excellence, car réputée pouvoir tout faire pour celui qui la possède, la mandragore a de petites fleurs blanches, vertes, rouges ou mauves et dégage une forte odeur. Elle est difficile à cueillir à cause de sa longue racine, qui peut mesurer jusqu'à 80 cm et peser plusieurs kilos. Au Moyen Âge, on racontait que, si on cherchait à l'arracher, la plante poussait un cri qui tuait ou rendait fou sur-le-champ. Les sorciers qui désiraient l'utiliser devaient donc la récolter avec beaucoup de précautions : ils se bouchaient les oreilles avec leurs mains ou parfois avec de la cire. Les plus prudents envoyaient même un chien déterrer la mandragore à leur place !

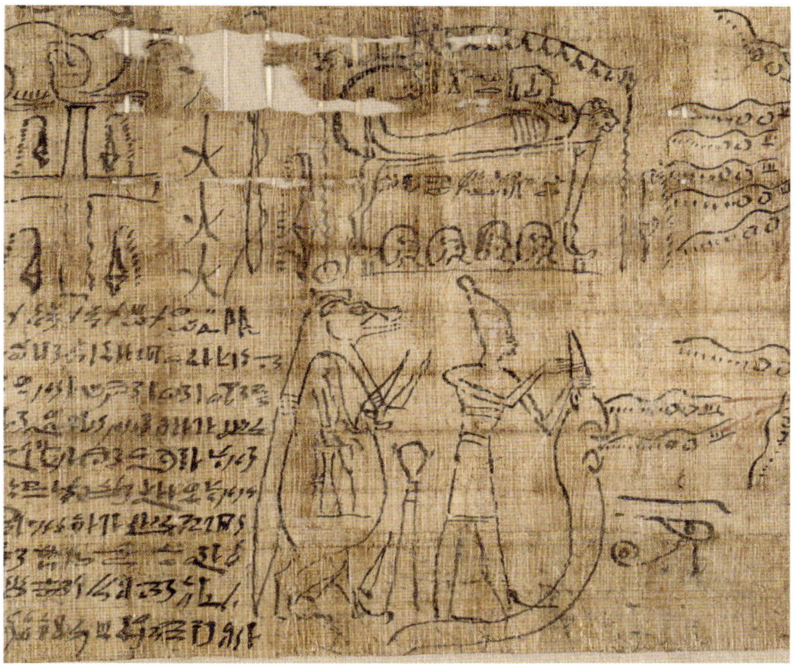

Papyrus servant à garder une trace écrite des formules magiques employées par les Égyptiens.

Ceux que l'on appelle communément « magiciens », capables de faire des tours d'adresse, sont en fait des illusionnistes ou des prestidigitateurs.

Le grimoire est un accessoire indispensable au magicien : il y note formules magiques, recettes de potions, et des notes sur ses études et découvertes.

Rituel de cueillette du gui, par des druides gaulois

La représentation populaire de la sorcière est celle d'une vieille dame au nez crochu et couverte de verrues, courbée au-dessus de son chaudron ou chevauchant son balai magique. Cette image relayée par les contes et les légendes ne correspond à aucune réalité.

Le magicien est généralement vêtu d'une longue robe ample, et porte sur la tête une calotte ou un chapeau pointu.

Prêtre guérisseur appliquant des onguents sur un jeune homme de son village

Jeanne d'Arc (1412-1431) accusée de sorcellerie et condamnée au bûcher sur la place du marché à Rouen, le 30 mai 1431.

Ensemble d'outils et de pierres permettant la pratique de la lithothérapie

Les voyants travaillent grâce à différents supports : boule de cristal, cartes de tarot divinatoire, lignes de la main, etc.

L'empereur Rodolphe II de Habsbourg dans son cabinet d'alchimie

Rituel d'absorption de plantes hallucinogènes pour entrer en contact avec les esprits

PLANTES SACRÉES.
Cueillette des échinocactes sacrés au Mexique
Véritable Extrait de viande Liebig.
Reproduction interdite.
Voir l'explication au verso.

QUELQUES PLANTES

Au Moyen Âge, l'alchémille était une plante très recherchée par les alchimistes. En effet, ses grandes feuilles en forme de soucoupe retiennent bien la rosée du matin. Or la rosée constituait l'un des ingrédients nécessaires à la fabrication de la pierre philosophale (voir pages 16-17).

Parmi les plantes associées à la sorcellerie, on peut citer la jusquiame et l'aconit, deux plantes toxiques, vénéneuses, qui donnent des visions. Toutes deux étaient notamment supposées entrer dans la composition des onguents que les sorcières appliquaient sur leur corps avant de se rendre au sabbat. Ce sont aussi de puissants poisons.

Alchémille

Jusquiame

Aconit

Plantes à tout faire

Chaque plante peut, selon l'emploi ou le dosage, être à la fois un remède et un poison. En magie, les racines n'auront pas la même destination que les feuilles ou les fleurs. Les plantes peuvent être rassemblées dans des sachets que l'on porte sur soi ou que l'on dépose dans une pièce de la maison. Ou bien elles sont préparées en tisanes, huiles, onguents (pommades composées d'herbes réduites en poudre et mélangées à de l'huile), parfums ou encens. Elles servent aussi à remplir les petites poupées en tissu qui permettent de jeter des sorts (les dagydes ou poupées vaudoues). Enfin, elles entrent dans la composition des potions, élixirs ou philtres d'amour.

Peyotl

Dès la Préhistoire, les sorciers entraient en transe grâce à l'absorption de plantes hallucinogènes (voir pages 8-9). Cette pratique se poursuit de nos jours dans certaines régions du monde. Le peyotl, fleur d'un cactus sans épines, est consommé par les chamanes amérindiens lors de leurs rituels pour les conduire à un état de transe qui leur permet de communiquer avec des esprits. Son utilisation est très dangereuse.

LES PIERRES MAGIQUES

Dès la plus haute Antiquité, les roches et les pierres précieuses sont dotées de pouvoirs guérisseurs, protecteurs ou maléfiques. Les magiciens les utilisent lors de leurs rituels. Taillés, polis ou à l'état brut, portés en colliers, en bracelets ou sculptés sous forme d'amulettes et de talismans, ces minéraux posséderaient une énergie spécifique qui aurait le pouvoir d'agir sur le réel. Certains peuples anciens pensaient même que les pierres étaient vivantes et pouvaient se reproduire !

Les vertus magiques des pierres

Pour que les pierres agissent, on les porte sur soi en collier, pendentif, bague, bracelet. On peut aussi les passer sur une zone du corps que l'on veut soulager ou guérir. En laissant tremper une pierre dans de l'eau bouillante plusieurs heures, voire plusieurs jours, on obtient une potion, un élixir ou un philtre qui possède des pouvoirs tout aussi forts que la pierre elle-même. On peut alors boire la potion ou en appliquer quelques gouttes sur le corps. Il est même possible d'ingérer la pierre si on la réduit en poudre. Elle peut ainsi être saupoudrée sur des plats ou dispersée dans une pièce. Comme pour les plantes, le sorcier ou le magicien maîtrise parfaitement les secrets de la préparation des pierres à des fins magiques.

La lithothérapie

De nos jours, l'art de soigner par les pierres, la lithothérapie, est en plein essor. Le pouvoir énergétique des pierres pourrait agir sur le physique et le mental, ainsi que sur les émotions du patient. L'efficacité de cette discipline est très variable, et les praticiens ne cessent de rappeler que ces soins ne remplacent pas la médecine et ne doivent venir qu'en complément des autres traitements.

La nacre, produite par certains coquillages, est dotée de nombreux pouvoirs magiques, entre autres celui de sceller pour toujours l'union de deux personnes buvant une même potion dans un gobelet fait de cette matière. Ainsi, Tristan et Iseut auraient bu le philtre d'amour qui les a enchaînés l'un à l'autre pour l'éternité dans un gobelet de nacre.

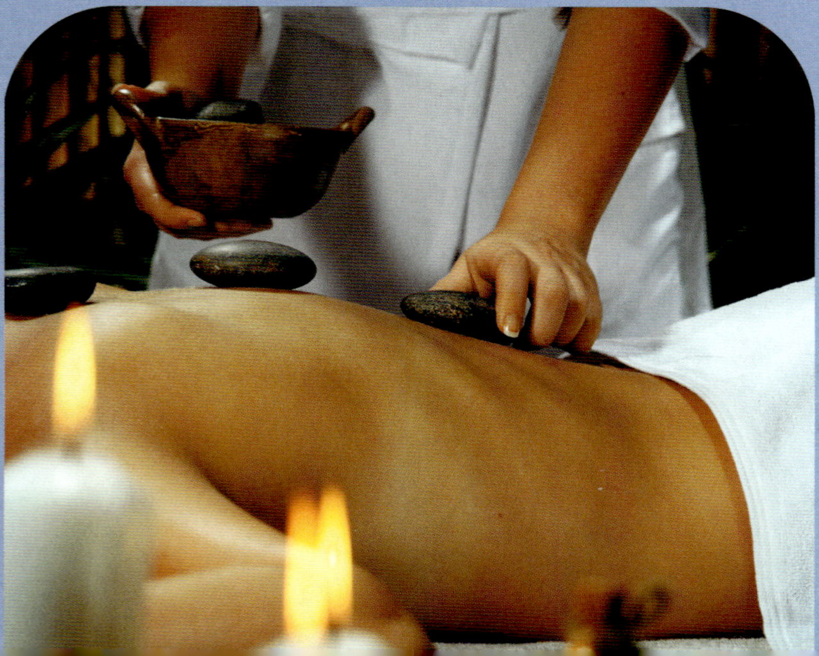

Le massage aux pierres chaudes, très en vogue de nos jours dans les spas du monde entier, existe depuis l'Antiquité : en Chine, il y a 4 000 ans, on se servait des pierres pour soulager les muscles et apaiser les tensions du corps. On utilise des galets d'origine volcanique que l'on fait chauffer à 50 °C au moins.

Hope, le diamant maudit

Les pierres n'ont pas que des effets bienfaisants. Voici un diamant réputé avoir porté malheur à nombre de personnes l'ayant possédé : elles auraient toutes connu une fin tragique. Rapporté des Indes en France par un voyageur qui mourut dévoré par des bêtes sauvages, le diamant bleu a appartenu à Louis XIV, qui à sa mort laissa un pays en ruine. Louis XVI et Marie-Antoinette en héritèrent et furent guillotinés… Le diamant fut dérobé en 1792 et vendu en 1824 à un banquier londonien, Thomas Hope (qui lui donna par la suite son nom). Ses descendants connurent eux aussi de nombreux malheurs : noyade, suicide, faillite, accidents… De nos jours, conservé dans un musée de Washington DC, aux États-Unis, le diamant maudit ne semble plus causer de tort à personne.

Marie-Antoinette et le diamant Hope

Le mystère de Stonehenge

Les sites préhistoriques constitués de pierres dressées (mégalithes) comme Stonehenge, en Angleterre, suscitent toujours de nombreuses interrogations tant sur leur construction que sur leur fonction. Selon certains archéologues, Stonehenge aurait pu être un observatoire astronomique ou un lieu de culte, mais aussi un lieu de pèlerinage vers lequel affluaient des personnes malades ou blessées afin de bénéficier des pouvoirs guérisseurs des « pierres bleues », qui comptent parmi les plus anciennes roches du site. Lors de fouilles, on a en effet retrouvé près du monument des dépouilles de personnes mortes de maladie et enterrées avec des morceaux de ces pierres.

La construction de Stonehenge reste un mystère. Comment les hommes de l'époque ont-ils pu transporter et relever des blocs de pierre pesant pour certains jusqu'à 50 tonnes ? Au Moyen Âge, une légende attribue l'édification du site à Merlin l'Enchanteur, aidé de géants.

TABLE DES MATIÈRES

Direction : Guillaume Pô
Direction éditoriale : Sarah Malherbe
Conception de la collection : Émilie Beaumont et Jack Delaroche
Édition : Sélène Chateau assistée de Soizic Hauchecorne
Conception graphique : Éric Laurin sous la direction de création de Élisabeth Hébert
Direction artistique : Bleuenn Auffret
Graphisme : Julien Di Giorgio
Mise en page : Le Bureau des Affaires Graphiques
Direction de fabrication : Thierry Dubus
Fabrication : Morgane Lajeunesse

Loi n° 49-956 du 16 juillet 1949 sur les publications destinées à la jeunesse,
modifiée par la loi n° 2011-525 du 17 mai 2011.
Dépôt légal : octobre 2022
2e édition - N° d'édition : J22303
ISBN : 978-2-2151-8094-4 • MDS : 661494N1
Achevé d'imprimer en septembre 2022 par Rotolito en Roumanie

Ce livre est imprimé avec des encres végétales et est composé de matériaux issus de forêts bien gérées,
certifiées PEFC™ et d'autres sources contrôlées.

Certifié PEFC
Ce produit est issu de forêts gérées durablement et de sources contrôlées
PEFC/46-31-13
www.pefc.ro